镜花缘 上

[清] 李汝珍 著

陈冬至 绘图 · 江涓 改编

浙江人民美术出版社

图书在版编目（CIP）数据

镜花缘. 上 ／（清）李汝珍著 ；陈冬至绘图 ；江涓
改编. —— 杭州 ：浙江人民美术出版社，2019.5
ISBN 978-7-5340-7109-6

Ⅰ．①镜… Ⅱ．①李… ②陈… ③江… Ⅲ．①连环画
－中国－现代 Ⅳ．①J228.4

中国版本图书馆CIP数据核字(2018)第245126号

《镜花缘》故事梗概

　　《镜花缘》是清代文人李汝珍的代表作品。小说前半部分写了唐敖、多九公、林之洋等人乘船在海外游历经商的故事，包括他们在黑齿国、君子国、女儿国等众多奇异国的经历。后半部分写了武则天科举选才女，由百花仙子托生的唐小山及其他各花仙子托生的一百位才女考中，并在朝中有所作为的故事。本连环画版改编绘制的是原书的前半部分。这是一部与《西游记》《封神榜》《聊斋志异》等同样辉煌灿烂、浪漫神幻、迷离多姿的中国古典小说精品。

话说唐朝武则天称帝时期，岭南秀才唐敖赴京应试，连捷中了探花。不料言官奏本揭发他曾与逆党徐敬业、骆宾王结拜过异姓兄弟，为防隐患，朝廷将其降为秀才。年过半百的唐敖见功名无望，遂看破红尘，意欲四海遨游，求仙访道。

想到妻舅林之洋常出海经商，若能与他结伴漂洋过海，探奇访胜，岂不美哉。于是他来到林家门首，见林之洋一家正在装运货物，准备远行呢。

　　唐敖忙说明来意，林之洋十分欢迎，劝他也带点货物学做生意。唐敖立马去买了一大堆生铁和许多花盆来，还兴致勃勃地说："生铁可以压舱挡风浪，花盆可装海外奇花异草。"林之洋见他书生气十足，也不便说什么。

　　装完货物，扬帆起程。一路顺风顺水。内有林妻照应茶饭，侄女婉如陪读诗书，外有山水风光观赏，唐敖心畅神舒，昔日不快一扫而空。

　　一日船泊东口山脚，唐敖随林
之洋上山观景。行走间，突从山腰
蹿出一只怪兽——形状如猪、浑身
青黑、两只大耳、四颗长牙，把唐
敖吓一大跳。

幸好船上老舵工多九公随后赶到。此公年近八旬，久惯漂洋，见多识广，虽白须飘拂仍健步如飞。不等唐敖相问，便大声告之："此兽名'当康'，不会伤人，不必怕。"

话音刚落，就见那怪兽"当康""当康"地叫着跑入山中。唐敖拍手大悟："哦，原来是'其鸣自叫'，名字由此而来。"

这时，天空飞过一群乌鸦似的小鸟，唐敖抬头张望，正好被鸟嘴中落下的石块砸中，忙请教多九公："这是什么鸟？怎么口含石块？"

多九公说："这就是啄石填海的精卫鸟呀。"唐敖自然知道《山海经》中精卫填海的故事，一直以为只是神话，想不到世上真有啄石的神鸟，惊叹不已。

三人继续前行，迎面一棵大青树。此树长五丈，大五围，并无枝节却生有无数须穗。每穗约丈余，像禾穗。唐敖古书读得多，便问："莫非这是古书上所说的'木禾'？"多九公说："正是，俗称'清肠稻'，可惜尚未成熟。"

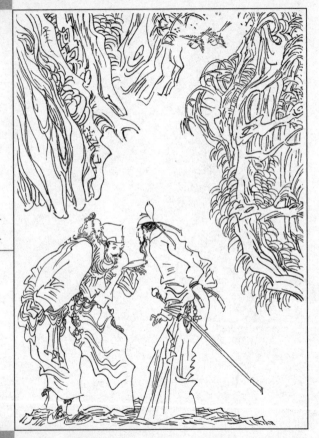

　　林之洋倒在树下草丛中拣到一粒米，竟有三寸宽、五寸长，多九公说："这一粒米煮成饭吃，一年都不会肚饥呢。"

正说话间，忽见前面有个七八
寸长的小人骑着一匹小马，多九公
一见，立马兴奋地追赶上去，唐敖
也紧跟着追去。多九公一个不小心
绊了一跤，被唐敖抢先，一把捉住
小人小马，放到口中吃了。

　　林之洋赶到，好奇地问："这小人小马也能吃？"多九公顿足叹息："这小人小马叫'肉芝'，吃了不仅能延年益寿，还能得道成仙呢。不料被唐兄抢先吃了。"

林之洋笑道："我也肚饥了，还有什么好吃的仙品没有？"多九公从草丛中摘了几株青草给他："这草叫'祝余'，也能吃。"林之洋放入口中一嚼，果然清香可口且有几分饱意了，高兴地说："那多弄点到船上去可当粮食呢。"多九公说："不行，这草一离土便枯死了，一点用也没有的。"

　　唐敖这时也有新发现。他拔了一根松针似的草，上面有一小芥子，吹一口气，芥子上又生出一支草；他又吹二口气，那草连长三尺；然后，他放入口中一并吞吃了。林之洋看得目瞪口呆。

多九公说："这叫'掌中芥'，又名'蹑空草'。人吃了能腾云驾雾呢。"林之洋忙满地寻找，可怎么都找不到第二棵了。

　　林之洋将信将疑，便叫唐敖飞起来试试。唐敖用力一跳，果然身如蝉翼般凌空飘荡起来；心中一惊慌，身子又如断线风筝似的落到地面。多、林二人都向他贺喜。

此时山风吹来一阵异香，三人便循香而寻。又是唐敖眼尖，在石缝中发现一株红草，约二尺长，他猜测也许是古书中所说的"朱草"了，据说服了此草会力大无穷。

　　还据说此草能让金玉成泥。他将红草折断放在手中与随身佩带的玉牌一起搓揉，顿时那玉牌变软若泥。唐敖欣喜万分，不假思索将那红草一口吞了，顿时芳香透脑，精神倍增。

看见路边一块倒地的石碑，唐敖想试试臂力，便上去一抱，平时手无缚鸡之力的他，此刻毫不费力地将石碑举起，纵身一跃，居然在空中站定。他欣喜万分，自己真的服了仙品有神通了。

　　林之洋和多九公虽四处寻觅却一无所获。唐敖将自己吃了朱草力气大增的事告诉了他们。多九公拱手相贺道："唐兄服了肉芝又吃了朱草，这凝聚天地精华的仙品均让你独得，可见仙缘不浅，得道成仙指日可待矣。"三人说笑着下山回船。

　　不几日，行船来到君子国。唐敖说："素闻君子国是个'行者让路，耕者让畔'的礼仪之邦，今日倒要见识见识。"多九公指着路边两位互相谦让的农夫说："看，种田人之间也这么彬彬有礼的。"

　　林之洋说："让路还好说，让田可难。我们家乡邻里间为争一垄地都打得头破血流呢。如此看来，君子国的民风很淳朴呢。"

进城后，林之洋忙着去做生意。多九公陪唐敖各处走走察看民情。看见一小兵与卖货人争执不下，便走近前去看个究竟。

小兵说："你的货好价低，我占你便宜于心不安，你再加点钱吧。"那卖货人摇着手说："承蒙你关照我生意，若再加钱，太折煞小人了。"唐敖觉得有趣，历来生意人都是"漫天要价"的，哪有这般"好让不争"的。

幸好此时过来几位年长的行人居中调停，让小兵八折拿了货，才促成了这桩买卖。

再看这大街上，人来担往，熙熙攘攘，但忙而不乱，闹中有序，行人多扶老携幼，和气有加，关爱如亲友。

前面一鱼行，只见四五个顾客围着一条鱼正在你推我让。原来鱼只剩此一条了，大家推让了半天，买卖最后竟没做成。

卖鱼人习以为常，不以为怪，留下自用了。唐敖十分感慨："若非亲眼目睹，真不敢相信世上还真有如此礼让的国度。看来君子国的教化确实有方。"

这时迎面走来两位鹤发童颜的老人，唐敖忙上前施礼，想请教一下当地的风俗习惯。两位老人热情邀请他们去府上做客。

　　两老府第，竹篱柴扉。门前一池，种有莲菱，如农家院落。但内厅却悬有一块国王所赐的"渭川别墅"匾额，透露出两老身份不凡。宾主坐下，言谈间才知两老乃同胞兄弟，一名吴之祥，一叫吴之和。

谈起民风民俗，吴之和直言相问："听闻贵国风俗，凡婚丧之事必大肆宴请，滥杀生灵，广耗钱物，为何不省下钱来接济贫寒呢？"吴之祥也一针见血地说："有些富豪争奇斗富，只差没有炒珍珠、烹美玉、煮黄金、煨白银了，这又是为何？"唐敖只觉两老谈吐不俗，广有见识。

正谈得投机，忽见一仆人领一官差来报："两位相爷，国王有军机大事相商，片刻即到。"原来眼前两老乃宰相大人，国王将亲临相府商议大事，唐敖、多九公忙起身告辞。

回到船上，二人将所见所闻告诉众人，大家都啧啧赞叹：国王如此礼贤下士，宰相如此谦和，相府如此简陋，百姓如此礼让，民风如此淳朴，真让人羡慕。

　　第二天，船到青邱国。正要靠岸，忽听有人喊"救命"，只见左边一小船上绑着一位姑娘，身后站着一对渔人夫妇。唐敖忙上前问原因。

原来渔人夫妇是青邱国人，常去君子国水域捕鱼。今日鱼没捕得却网得一人，若放了姑娘岂非一无所得，所以想卖了她换些钱。

姑娘说自己是君子国水仙村人，叫廉锦枫。今天下海捞海参想给生病的母亲补补身子，不料被渔网网住，再三恳求渔人夫妇放了她而不得，所以只好大声疾呼，求好心人相救。

　　唐敖与林之洋跳过船去，劝渔人夫妇道："给你十贯酒钱，放了这姑娘吧。"

渔人夫妇见有利可图，便狮子
大开口，非要一百两银子才肯放人。
唐敖救人心切，便给渔人夫妇一百
两银子，将姑娘救了下来。

锦枫姑娘上了林之洋的大船，拜谢了唐敖，转身又跃入海中，说要再采点海参给母亲。林之洋见她一片孝心，便派一名水手下海去看护帮助她。

　　这姑娘采了海参后又遇一大蚌，便与大蚌搏斗。只见她剑挑大蚌，用手摘取一颗银光熠熠的大珍珠，也不顾手上负伤，又奋然跃出水面。

锦枫姑娘双手捧珠送唐敖，以谢救命之恩。唐敖婉拒道："你将此珠献交国王或可得点封赏以补家用呢。"不料姑娘正色道："国人皆'唯善为宝'，平时绝不采珠，严禁献宝。今日因感大人恩德而破例，还望收下。"唐敖见她至诚，只好收下珍珠。

　　林之洋命水手开船将廉锦枫送回水仙村。老母亲出门千恩万谢。众人依依作别，深感君子国以善立国，民风淳厚，他国无法相比。

行船数日，来到大人国。此地人比他国人长二三尺，脚下有云托着，离地约半尺。人走云转，人停云停。云分五色，因人而异。以五彩为贵，黄色次之，黑色为卑下。

　　入城后，但见人烟辏集，光景与君子国相仿。忽见一名乞丐脚踏彩云而过。唐敖好生奇怪："乞丐最卑贱怎脚下生彩云？"多九公说："这云色只决定于行为善恶，凡光明正大者生彩云，作恶不善人生黑云。"

大人国以黑云为耻，所以人人争做好事、善事，所以大街上蹬彩云的人多，踩黑云的人极少。唐敖恍然有悟：原来"大人国"不只是指人身材高大，还是指为人处世品行高尚。

这时忽听一阵吆喝，只见一位头戴乌纱、身穿朝服的官员被拥簇前来。因为上顶红伞，下遮红绫，看不见云色。多九公笑着说："看来此公必做了亏心事，云色不好，所以用红绫遮住了。不过有知耻心能改过，这云色仍会变的。"唐敖说："看来老天公正，给人改错的机会。"

林之洋笑道："老天若公，也让中原人脚下生云，让那群贪官污吏当众出出丑才好呢。"多九公说："其实干坏事的人，虽脚下无黑云，但头上也会冒黑气，只是常人看不见。俗话说'三尺头上有神灵'，善恶皆有报应的。"

　　行船数日来到劳民国。上岸一看，来往人群，面黑如墨，身子摇摆，一刻不停，坐立不安，举止不宁。多九公顿觉头晕目眩，拉起唐敖便往回走。

唐敖说："整天这么摇晃忙碌，真正劳民，只怕都不能长寿。"多九公说："他们只劳身子骨并不劳心，再加上只吃瓜果蔬菜，倒也不见短寿。"

路边，有不少人摇晃着兜售双头鸟，鸟声倒婉转动听。林之洋便买下两只，说："带到歧舌国，定能卖个好价钱。"

不几日到了聂耳国。原来这里的人耳长及腰，走路时要用双手捧住耳朵。唐敖说："相书说双耳垂肩主长寿，这里该人人长寿了。"多九公摇摇头说："错了，两耳过长累及大脑，聂耳国没有古稀之人，这就叫'过犹不及'。"

　　"其实聂耳国人耳朵不算最长。我在海外还见过耳长到脚的。两片耳朵大如蛤蜊壳，睡觉时一片当褥子，一片做盖被，连小孩都可睡在里面呢。"多九公真是见多识广，这世界之大，无奇不有。

正说笑间，忽闻一股酒肉香，这茫茫大海，肉香何来？"看来我们是到'犬封国'境内了。"多九公无所不晓，向唐敖介绍说："犬封国人又叫'狗头民'，人身狗头，每日只知吃喝，伤害生灵，所以又称'酒囊''饭袋'。"唐敖听了大倒胃口，便不上岸了。

　　一日路过元股国。只见海滩边许多人在抓鱼，他们头戴斗笠，身披坎肩、下穿鱼皮裤，赤着双脚，抓鱼又快又多。多九公说："此地鱼虾很便宜。"水手们也都下船去买鱼。

这时，只见一渔夫网上一条怪鱼——一头十身的大鱼。唐敖问："这是'茈鱼'吗？听说香如兰花。"林之洋凑上去一闻，恶心得要吐，狠狠地踢了鱼一脚，那鱼竟像狗一样地叫起来。多九公说："这叫'何罗鱼'，外形像茈鱼。"

又见渔夫们网起几条大鱼，但刚撂到岸边，鱼儿便腾空飞走了。九公说："这是飞鱼，极难捕捉。据说这鱼能医痔疮，吃了还能成仙呢。"林之洋连叹可惜，若能带一条回去当药也是好的。

突然海面上远远冒出一个金光闪闪的山峰，原来是海上大鱼的脊背，鳞片在阳光下闪烁发光。唐敖惊叹不已："难怪古书上说，'大鱼行海，一日逢鱼头，七日才逢鱼尾'。这下真开眼界了。"

　　众人正要回船，忽听一片婴儿
啼哭。原来一渔夫网起了许多怪鱼，
腹下有四只长足，而上身却像妇人，
下身仍是鱼形，叫起来像婴儿啼哭。
多九公说，这是"人鱼"，劝唐敖
买几条带上船去。

唐敖听鱼声凄惨，甚觉可怜，便将鱼全部买下，又放回海中。这些人鱼蹿入水中后又先后浮起，朝唐敖点头，好似叩谢，才倏然游去。

　　船又行了几日，过了无继国、深目国，来到黑齿国。这里的人不但通身如墨，连牙齿也是黑的。但却点朱唇，画红眉，穿红衣。林之洋忙带上许多脂粉去街上卖。多九公陪唐敖四处游逛，正好在"女学塾"门首遇上一位老学究，客气地邀请他们进屋喝茶。

室内坐着两位十四五岁的女学生，肤色虽黑但眉目尚清秀，也知礼节，听说是中原来客，忙恭敬地上茶并讨教。多九公也不谦虚，一口应允："你们有何疑难，只管问我好了。"

哪知这两位黑女问了一大串古书音韵、字义、注释等难题，弄得多九公招架不住，满头大汗，唐敖在旁也补救不及，十分尴尬。幸亏老学究年过八旬，耳聋眼花，没发觉他们洋相百出的窘态。

正在此时，忽听林之洋在门口喊："胭脂要吗？"多九公如遇救星，一把拉起唐敖冲向门外说："林兄要开船了，我们快回去！"慌慌张张地，顾不上向老学究告辞便走了。

　　跑出巷口，二人喘息稍定才把
刚才狼狈之事与林之洋说了。唐敖
惭愧自责："只怪我们以貌取人，
反倒自出其丑了。"林之洋哈哈大
笑："博学的多九公居然被两个黑
丫头难倒，奇闻！奇闻！"

其实林之洋也出师不利，脂粉生意一笔都没做成。因为黑齿国的风俗是：无论贫富都以才学高为贵、不读书为贱，就是女子也都愿买书而不买脂粉。三人很是唏嘘感叹了一番。

离开黑齿国后路经小人国。这里的城门低矮，街市狭窄。人长不到一尺，小孩只有四寸。但不论老小均手执兵器，三五成群，对外来人侧目而视，戒备心很重。

多九公介绍说："小人国的人诡诈异常，甜的偏说成苦的，咸的说成淡的。对人寡情薄义，难以捉摸。"林之洋一听，连连摇头："这种风气没法做生意，不去了。回船，回船。"

几天后，来到与白民国交界的麟凤山。这是西海上第一大岭，岭上果木极盛，鸟兽极多。据说东边麒麟、西边凤凰各自占据一方，飞禽、走兽分界甚清，但也时有争斗。三人想上山观光，当地人劝他们带上火枪防身。

三人从西岭上山，穿过一片梧桐林，忽听到一阵嘹亮婉转的鸟鸣。循声一看，原来是一大群苍蝇大的小鸟，红嘴绿毛，状如鹦鹉。林之洋抓住一只装进一个纸筒，说要带回船上让大家见识见识。

走到岔路口，忽见东边树林里飞出一只五彩缤纷的鸟来，形状像凤，尾长丈余。只见它抖动五彩翎毛，上下飞舞，煞是好看。唐敖以为见着凤凰了。多九公笑道："这是山鸡，别名'哑凤'，性喜卖弄。"

　　这时，西边林子里飞出一只孔雀，展开七尺长尾，光彩夺目，舒展双翅翩翩起舞，恰如搅起一片锦绣，一下子把山鸡比下去了。

　　山鸡见比不过孔雀，立刻停止飞舞，尖叫几声，一头向岩壁撞去，顿时流血身亡。

　　三人惊呆了。一只山鸡如此
血性，好胜心、羞愧心如此强烈。
唐敖深为惋惜，想不到飞禽比人
还刚烈。

　　孔雀得胜回林。东边又飞出一只尖嘴黄足的青鸟来，叽叽喳喳变换着各种鸣叫声。不一会儿，西边也飞出一只五彩小鸟，鸣声娇滴悦耳。多九公笑了："青鸟叫'百舌'，彩鸟叫'鸣鸟'。刚才'比舞'，现在'斗歌'了。"

众人正欣赏着小鸟斗歌，东边
树林里又飞出一只鹅状的十颈九头
的怪鸟来，雄峙高冈上，放声大叫，
九头齐应，山林为之一震。多九公
说："这是'九头鸟'出场了。"

　　这时西边林子里飞出一只翠绿色的红嘴小鸟。对着九头鸟犬吠似的叫了三声，那九头鸟居然吓得发抖，一下子逃进树林里去了。唐敖很奇怪，这小鸟何以如此厉害。多九公说："翠鸟名'天狗'，九头鸟的最怕，因为其一头曾被天狗咬掉，所以一闻犬吠就胆战心惊、逃之夭夭了。"

突然，无数怪鸟从东边飞出，西边凤凰也率众鸟出场了，双方密密匝匝地围挤在一起，难解难分，顷刻乱作一团。

正在这时，忽从东岭传来万马奔腾之声。只见大群野兽吼声如雷，地动山摇般向西岭压将过来。西岭的飞禽顿时散尽，隐入林间。原来是麒麟、狻猊等走兽出动了。

三人见状慌了，心惊胆战，不知如何进退。偏偏此时，林子洋手中的细鸟大声鸣叫，把狻猊等猛兽吸引了过来。

三人吓得掉头便逃。多九公忙提醒道："林兄快放枪。"林之洋丢了细鸟，朝后猛放二枪，击中了几头怪兽。此举更激怒了狻猊，吼叫着直冲过来。

唐敖朝后一看，狻猊要咬上他了，一个急中生智，纵身一跃，飞上了天空。

狻猊抓不住唐敖，转而扑向林之洋和多九公。两人危在旦夕！

忽听"嗖嗖嗖"数声连珠枪响，狻猊应声倒地，麒麟也销声匿迹了。众兽无首，顿时四下逃散。

林之洋惊魂未定，唐敖已降至地面。但见烟雾中兽尸无数。好厉害的连珠枪法，是哪位神枪手救了他们呢？

这时，山冈上走来一位身穿青布箭衣的英俊少年，三人忙向他施礼道谢。

　　原来少年同是天朝人，早些年为避祸随先父逃到海外，在此狩猎谋生。唐敖忽想起自己盟兄魏思温也使得一手连珠枪，自从敬业兄弟兵败后便逃至海外，此人莫非是魏兄的家人？

一番交谈后，少年忽朝唐敖跪下一拜："唐叔叔请受侄女一拜。"原来真是好友之女魏紫樱，女扮男装当猎户，危急中救了他们性命。

　　魏紫樱诉述家事：父已亡故，母亲年迈，兄长多病，她只好女扮男装，继承父业，挑起了家庭重担。

众人来到魏家。虽是山野小舍，但屋内设弓置弩，十分井然，墙边兽皮猎物也还充裕。原来魏紫樱枪技高超，邻里多受其帮护，相处友善，生机尚可。唐敖放心不少，留下点银两后方才告辞。

第二天来到白民国。但见白墙白瓦，白衣白帽，人人面白如玉。唐敖啧啧赞叹："好个白民国，如此美貌和穿戴，称得上风流盖世。"

　　大街上，店面连连——酒肆、饭馆、香店、银局，吃喝穿戴，无一不备，无一不精。林之洋带了许多绸缎、腰巾，三人来到一座高门大户前，一位年轻人热情相邀入内。

　　唐敖抬头见"学海文林"四字，心中一惊，又误进学馆了，忙提醒多九公千万别再出洋相。厅堂里果然诗书满架，笔墨如林，多九公连大气都不敢出了。

上首坐着一位戴玳瑁眼镜的先生，看见唐敖书生打扮，忙抬手："书生，请坐。"唐敖推托说："晚生不是书生，是做生意的。"那先生拉下脸来："生意人为何头戴儒巾假冒读书人？"

林之洋连忙解释说："他自幼读书，曾中过探花，不是假冒的。"多九公也帮腔道："他随我们出来做生意日久，诗文都荒废了。"老先生很不高兴地挥挥手："三个俗子都去外面等着，我上完课再来看货。"

三人站在厅外听那先生上课。只听学生跟着先生念"切吾切，以反人之切"，果然深奥听不懂。唐敖心想，幸好有在黑齿国的前车之鉴，不然又要出洋相了。

　　过了一阵，学生出来招呼："先生要看货了。"三人忙进去。唐敖乘林之洋与先生议价之机，偷偷看了一下学生的书，不由大惊：老先生把《孟子》的"幼吾幼，以及人之幼"中的"幼"读成"切"，把"及"读成"反"，自然听不懂了。

卖完货，走出大门。唐敖把先生读错音的事一说，林之洋笑道："你把'白字'先生当大儒，自称晚生，吃大亏了。"多九公却说："今天一不劳神，二不出汗，比黑齿国省心多了。"三人说笑着回船去了。

　　连日来顺风顺水，船行甚速。忽见一座城市隐现在一道青光之中。多九公说："前面便是淑士国。"唐敖却好奇地问："怎么这一片青光里透出一股酸气呢？"

上岸便见大片梅林，酸气冲鼻，原来如此。来到街上，只见个个都是儒巾青衫，文质彬彬，家家都书声琅琅。对联、匾额上写的都是劝善、好学方面的内容。林之洋也只带些笔砚纸墨前去兜售。

　　林之洋来到一学堂，马上被一群童生围住，抢着要买读书用品，死缠硬磨要低价，林子洋只好让利亏本卖了。

学堂先生见林之洋出手大方又是中原来的，有意考他学问如何。他出个"云中雁"，学生们对以"水上鸥""水底鱼"。林子洋对个"鸟枪打"。众人大惊，都向他请教。

　　林之洋便有意吹牛说："我们中原人都是从小读唐诗长大。我虽不是读书人，但对个对子，还是小菜一碟。用'鸟枪打'对'云中雁'最贴切了。"先生夸他大胆，对得好。

于是童生们围住他问长问短，
林之洋便信口开河道："孔子、孟子、
庄子、老子、少子等百家我都知道
点。""少子？少子是谁？""少子，
就是老子的后代。"林之洋自知说
漏了嘴，仍胡编乱造图一时口快。

　　幸亏唐敖与多九公过来约他去
酒楼喝酒，林之洋货也卖了，口也
干了，乘机脱身。三人说笑着去寻
酒楼了。

酒楼坐定，一位酒保戴个眼镜，摇把折扇过来，文绉绉、慢吞吞地问："三位先生，饮酒乎？用菜乎？"林之洋口渴极了，只催他："有酒有菜快快上来。"酒保还是慢条斯理地问："酒一壶乎？菜二碟乎？"

　　酒菜上来，竟是一盘青梅、一盘酸菜，看着都牙酸。唐敖见下酒菜太少，叫酒保加菜，上来的是四碟素菜：青豆、盐豆、豆芽、豆瓣。林子洋口渴，举杯一饮而尽，酸得紧皱双眉，龇牙咧嘴道："敢情你们是把醋当酒卖的呀？"

酒保上来解释："酒分三等，酸为上，淡为次，下等者淡之又淡也。"唐敖说："你把那下等的拿来。"尝了后，虽酸还可喝，也只好将就了。

　　唐敖见邻座一位老人一碟豆半壶酒在独酌，便请他过来同饮，顺便打探风俗民情。老人很高兴也很健谈，有问必答。

唐敖问，为何酒保也穿儒服？为何大街上各行各业不分贵贱都一律儒巾青衫？原来淑士国有规定，自王公至庶民，衣冠样式是统一的。只有布帛颜色之别以分尊卑。黄色为尊，红紫次之，蓝青更次之。农工商贾各行各业，也都穿儒服，但必须通过考试才能着此青衫儒巾，所以此地家家读书，人人习文。

　　天色将晚，唐敖等人结了酒钱准备回船。那老人将剩下的菜用一块手帕悉数包了，又将剩下的酒存放在店里，对酒保说："我明天来喝。"

回到船上，三个人把淑士国所遇的趣事讲给大家听，侄女婉如笑弯了腰，还学着酒保的腔调："酒一壶乎？菜二碟乎？"